सपने और हक़ीक़त के बीच

सुमित मिश्रा

अंजुमन प्रकाशन

Title : Sapne Aur Haqiqat Ke Beech
Author : Sumit Mishra

Published By-
Anjuman Prakashan
942, Mutthiganj, Prayagraj, 211003
www.anjumanpublication.com
anjumanprakashan@gmail.com

Price in India: 250/-

Printed and bound in India.
First published by Anjuman Prakashan in 2025

Cover & Typeset by Anjuman Prakashan

ISBN : 978-81-19562-97-8

श्रद्धांजलि नहीं, एक जीवनजश्न

कैफ़े हमारी पनाहगाह थे। अनगिनत कप कॉफ़ी के साथ हम सिनेमा, ज़िंदगी और किताबों की परतें खोलते चले जाते। सुमित में वो हुनर था, जिससे वो मुझे हिंदी साहित्य की ऐसी कहानियों और किताबों से मिलवाते, जिनसे मैं पहले कभी नहीं गुज़री थी। बनारस उनकी रूह में बसा था। उनकी नज़र से मैंने उस शहर का वो रहस्यमयी जादू देखा, जो शायद कोई आम नजर नहीं देख पाती। वहाँ की हर गली, हर घाट उनके लिए एक कहानी थी, और वो उन कहानियों को अपने अनोखे रंगों में बुनते थे।

मेरी फिल्मों के सफर में उनकी कला की छाप बतौर प्रोडक्शन डिज़ाइनर अमिट है। हाल ही में रिलीज हुई फिल्म कौशलजीज़ वर्सेज कौशल में उन्होंने कन्नौज के इत्तर और अमीर खुसरो की क़व्वालियों की रूह को सेट्स में जिंदा कर दिया। वो ऐसे जादूगर थे, जिन्होंने नोएडा में वैन गाँग को जिंदा कर दिया और सेट के हर कोने में बारीकी से अपनी कलाकारी उकेरी, जिससे वह दुनिया और निखर गई।

प्रोडक्शन डिज़ाइनर, कलाकार, चित्रकार, लेखक, निर्देशक और फिल्म फेस्टिवल डायरेक्टर सुमित ने कई रंगों में अपनी छाप छोड़ी। मगर इन सबसे बढ़कर, वो बड़े दिल वाले दोस्त थे। वो दोस्त, जो हर मुश्किल में चट्टान की तरह साथ खड़ा रहा। हम मज़ाक में एक-दूसरे को जय और वीरू की जोड़ी कहते थे। हमारी दोस्ती वो ख़ास ताक़त थी, जहाँ खामोशियाँ भी बातें करती थीं।

सुमित वो दोस्त था, जो जिंदगी में बस एक बार मिलता है। उनका दिल समंदर जितना गहरा और उनकी रूह आसमान जितनी ऊँची थी। मेरी खुशकिस्मती है कि मुझे इस जीवन में सुमित की दोस्त बनने का सौभाग्य मिला। उनकी बच्चों जैसी मुस्कान और हर बात को लॉजिक से समझाने की आदत जिंदगी को सरल बना देती थी। और हाँ, उनकी एक और मज़ेदार आदत थी वो जब भी कॉल करते, तो बड़े ही मज़ाकिया अंदाज में कहते,

"जी सीमा जी, कैसी हैं आप, सीमा जी? ओके सीमा जी!"

सुनने में जितना सिंपल, उतना ही ह्यूमरसा बस, वो अंदाज़ अब भी कानों में गूंजता है।

ये किताब उनकी रचनात्मकता की बस एक हल्की सी झलक है। उनकी क्रिएटिविटी शायद आसमान में भी न समा पाती, इसलिए एक दोस्त का यह वादा है कि उनकी कला, उनकी बातें और उनकी रूह को हमेशा ज़िंदा रखा जाएगा।

इस किताब की कविताएँ सिर्फ शब्द नहीं हैं, बल्कि एहसास हैं सपनों और हक़ीक़त के बीच की सच्चाई।

यह किताब सुमित के जीवन का उत्सव है वो जीवन, जिसने कम वक्त में भी अपनी रोशनी से सबको रोशन कर दिया।

मुझे उम्मीद है कि हर पाठक उनकी पंक्तियों के बीच छुपे उन खामोश लफ़्ज़ों को महसूस कर पाएगा।

जय और वीरू की दोस्ती की तरफ से,

Seemaa Desai

हैप्पी रीडिंग !

अनुक्रम

खण्ड 1

कविताएँ

1.

एक अबूझ बंदिश हमारे भीतर उतरती है
जब हम ख़ामोशी और शांती के फर्क
को समझना भूल जाते हैं।
एक अबूझ बंदिश हमारे भीतर तब उतरती है
जब सड़क के किनारे उभरने लगती है
विस्थापितों की बस्ती और
धीरे-धीरे झोपड़ियाँ घर की शक्ल लेने लगती है
और दिवारों पर अधूरी इंद्रधनुषी कलाकृतियां
उगने लगती है
एक अबूझ बंदिश हमारे भीतर तब भी उतरती है
जब सुसज्जित शिक्षा केन्द्रों से मुकाबला होता है
खपरैल की जर्जर छत वाले प्रारंभिक पाठशाला से
और तब मन दौड़ना चाहता है
उपलब्धता की सीमा से बाहर
एक दिलचस्प खेल की तरह
और तब हमारे बहुत भीतर तक
एक अबूझ बंदिश उतरती जाती है

2.

एक बार फिर वक़्त लौटेगा
और मौसमों की तरह लौटेंगी चिट्ठियाँ
तब उन यादों की चिट्ठियों से
कुछ रंग चुरा कर बादल
अपनी मुट्ठी भर लेगा
और बारिश के पानी में
तैरेंगे कागज के नाव।
एक बार फिर मैं पुरानी धूल जमी
किताब के पन्ने पलटूँगा
और कुछ भींगे अक्षर
तपते हुए देह पर रख लूँगा
अक्षर और तप्त हो जायेंगे और
देह की तपिश थोड़ी कम।
एक बार फिर पुरानी गर्म हवा
अलसाते हुए दोपहर में लौटेंगी
तब उनसे पूछूँगा पुराने दोस्तों का पता
और एहसासों को फिर से
गर्म कर लूँगा सूरज के स्पर्श से
और फेफड़े में फिर से
भर लूँगा बहती हवा।
एक बार फिर चाँद लौटेगा तुम्हारी छत पर
तब हो सके तो तुम भी पूछना चाँद से
क्या अब भी वो बिजली के तार पर झूला झूलता है
और क्या अब भी वो
बूढ़े पीपल की टहनियों में उलझ कर
और पत्तों को ओढ़ कर वहीं सो जाता है
देखना एक फिर वक़्त लौटेगा
और मौसमों की तरह लौटेंगी चिट्ठियाँ

3.

माँ जब ख़्यालों में खोए हुए
तुम स्वेटर बुनती थी
तब तुम बुनती थी मेरा पूरा चरित्र
जब अपने बित्ते से मेरा छाती नापती थी
तब तुम नाप रही होती थी
मेरा आत्मबल
भविष्य के चुनौतियों का सामना करने के लिए
आधे बुने हुए स्वेटर को मेरे शरीर से लगा कर
तुम नापती थी अपने सोच और मुझे दिए जाने वाले संस्कार का अंतर
माँ तुम्हारे बुने हुए स्वेटर सिर्फ़ जड़े की ठंडक से नहीं बचाता था मुझे
माहौल के ठंडेपन में क्रांति की गर्माहट ओढाता था मुझे
आज जब पसीने के चिपचिपाहट में भी
एक ठंडेपन का एहसास होता है माँ
तब याद आता है तुम्हारा वो बुना हुआ स्वेटर

4.

ये
मोह के धागे
जिसे मैं कभी भी तोड़ सकती हूँ
तुम्हारे सुनहरे फ्रेम से
मैं अपनी तस्वीर
कभी भी चुरा सकती हूँ
जिसमें
मेरे चेहरे के
बदलते भाव को
तुम कभी नहीं देख पाये
तुमने हमेशा अपनी इच्छा मुझ पर थोपी
और
मैं उसे
तुम्हारा प्यार समझ कर ख़ुद को
तुम्हारे उँगलियों में लिपटे
मोह के धागे से
बांधे रहने दिया
क्योंकि
मेरे प्रिये
तुम्हारे पास सिर्फ़ धागा था
मोह तो सिर्फ मुझे था तुमसे।

5.

बारिश में दूर तक भिंगता रहा
और
देर तक भागता रहा
लेकिन
ना तो
रूह की तपिश कम हुई
और ना ही
मन की भटकन।
सुनो,
इस बारिश की बूँदो की गरमाहट
से कहीं ज़्यादा ऊष्मा
तुम्हारे हाथों की छुअन में है
और
बादल की छांव से
ज़्यादा घनी
तुम्हारी ज़ुल्फ़ों की छांव है।
बस वहीं कुछ लम्हा बीते
तो शायद सुकून मिले...

6.

मैं और ये आवारा सड़क,
दहकते हुए बादल
और सुलगती हुई शाम
रास्ते में मुझसे
बेपरवाह हवा भी मिली
और बोली
चलो हम पर्वत की
चोटी तक साथ चलते हैं।
मैं उसके फ़रेब में आकर
पर्वत से टकरा गया...
थोड़ी बेपरवाही जब ख़त्म हुई तो
पर्वत यूँ ही बुलंद खड़ा था
बिखरा था तो मैं
जिसके हर क़तरे को
हवा उड़ा ले जा रही थी
अनजान सी दिशा में...
...लेकिन सड़क की आवारगी
बिलकुल कम नहीं हुई।

7.

पूरे दिन के सन्नाटे के बिस्तर पर
जब चीख़ती रात की चादर ओढ़ कर
मैं सोने की नाकाम कोशिश में हूँ
तब चाँद मेरे कान में ज़ोर से चीख़ता है।
और
किसी अजनबी का पैग़ाम सुनाता है
एक शोर है मुझमें
जो बहुत ख़ामोश है

8.

मेरे और तुम्हारे बीच
मेरी नासमझी और
तुम्हारे समझदारी की
एक लम्बी सुरंग है।
इस सुरंग में
अपने-अपने हिस्से की
घुटन भी है
और एक मुट्ठी रौशनी भी।
सुनो!
मैं अपनी नासमझी छोड़ने को तैयार हूँ
लेकिन
ज़िद ये है की
तुम अपनी
समझदारी उतार कर आओ।

९.

कभी रेत को मुट्ठी में दबा कर देखा है
जितना सिद्दत से सहेजना चाहो
उतनी ही रफ़्तार से
मुट्ठी से फिसल जाती है।
बस कुछ रेत के ज़र्रे
हथेली से चिपके रह जाता हैं
अपने होने के भूतपूर्व एहसास के साथ...

10.

अदरक वाली चाय में
बिस्कुट कि तरह गीली सुबह
और अलसाई सी दोपहर....
बरामदे में झाँकती हुयी धूप...
और.....
भिंगी सी शाम के लम्बे इंतेज़ार
के उस पार
एक जवाँ रात...
सितारों से सजी हुयी काली कम्बल ओढ़े हुए...
मुकम्मल है जीने के लिए...

11.

प्यार !
हाँ प्यार
मैंने दूर झुके हुए आसमान से
थोड़ा और झुकने को कहा
और बादलों पर लिख दिया प्यार
बादल सकुचाई और बरस पड़ी
उसने मुझे प्यार में सराबोर कर दिया
मैं प्यार में भिंगा हुआ आगे बढ़ा
कुछ ही आगे बढ़ा था की समुन्दर से मुलाक़ात हुई
उसकी लहरें इशारे से मुझे बुला रही थी
मैं उसके पास जाकर
उसके लहरों को हौले से सहलाते हुए
उसके कान में हौले से फुसफुसाया
प्यार
लहरें अठखेलियाँ करने लगी
और मेरी आग़ोश में आ गयी
मुझे अपने प्यार में लहरों ने नमकीन कर दिया
मैं उन लहरों पर चलता रहा
दूर.... और दूर
जहाँ लाल सूरज
लहरों का कंबल ओढ़ने वाला था
मैंने सूरज को बहलाया
और धीरे से सुनाया
प्यार
सूरज शर्म से और लाल हो गया
उसने लहरों के कम्बल में ख़ुद को छुपा लिया
मैं थोड़ा ही और आगे बढ़ा और साथ ही
अँधेरा भी थोड़ा और बढ़ गया

एक ही क़दम और आगे बढ़ा की चाँद से रूबरू हुआ
मैंने चाँद के जिस्म पर अपनी ठंडी ऊँगलियों से उकेरा
प्यार
चाँद और ठंडी हो गयी और उसने दूधिया रोशनी फैला दिया
और मैं प्यार में मगन हो गया
तभी अचानक
मेरे खिड़की पर
सूरज की पहली किरण ने दस्तक दिया
और मेरी नींद खुल गयी
एक मधुर रागिनी गूँज रही थी
थोड़ा ग़ौर से सुना तो
हर तरफ़ एक शब्द गूँज रहा था
प्यार..... हाँ
सिर्फ़ प्यार।

12.

आओ
ख़ुशियों के कुछ सिक्के इकट्ठा करें
और
इसकी खनक से
अपने क़िल्लत को बहलायें
सिक्के
कुछ नए
कुछ पुराने
वो जिसे कई सालों से आज तक
हम भुना नहीं सके
उन खोटे सिक्कों को भी इसमें शामिल करें
याद है
मुस्कान की चौव्वनी
और खिलखिलाहट की अठन्नी
जो हमने कई साल पहले इकट्ठे किए थे
जिसमें प्यार की कुछ अशर्फियाँ भी थीं
नहीं
अब वो चवन्नी नहीं चलती है
अठन्नी के मोल भी थोड़े कम हो गए हैं
अशर्फ़ी तो अब बेमोल हो चुकी है
इन सिक्कों से हम कुछ ख़रीद तो नहीं पायेंगे
लेकिन
यूँ ही साथ चलते हुए कभी
किसी वक़्त
क़िल्लत की दस्तक को हम
अपने इन सहेजे हुए सिक्कों की खनक से झुठला देंगे
थोड़ा मुस्कुराएँगे और
अगर मुमकिन हुआ तो
ठहाके भी लगायेंगे
आओ
ख़ुशियों के कुछ सिक्के इकट्ठा करें

13.

और दिनों की तरह एक दिन
दीवार पर सदियों से टंगे फड़फड़ाते कैलेण्डर का एक और तारीख़...
रोज़ सुबह की तरह
समय की दीवार पर एक और
गोल आकृती
आसमान का लाल गर्भ
प्रसव वेदना के बाद एक और सामान्य दिन का जन्म
हर रोज़ की तरह वक़्त बदलती घड़ी
सूरज की बढ़ती हुयी तल्खियाँ....
क्रमशः मशीन होते इंसान...
रोज़ की तरह....
कुछ भी नया नहीं...
अचानक घड़ी ने कुछ साज़िश की
एक तय वक़्त और तय जगह पर सब थम गया....
सूरज की तल्खियाँ ठंडी होने लगी...
और तीखी पिली धूप गुलाबी लगने लगी
नहीं अब कुछ भी सामान्य नहीं था
बेशक असामान्य भी नहीं
हाँ
कुछ ख़ास सा हो गया था सब
घड़ी की साज़िश थोड़ी और आगे बढ़ी
ठंडा सूरज अब छुपना चाह रहा था
और कुछ छुपाना भी चाह रहा था
अब तारीख़ की बागडोर चाँद ने संभाल लिया
उफ़्फ़
चाँद में शीतलता नहीं थी
गर्म और जलता हुआ
चाँद सब पिघला रहा था......

आज की तारीख़ कुछ तो ख़ास थी
सालों से या शायद सदियों से
दिन सिर्फ़ गुज़र रहा था.....
आज ना जाने कैसे बीत गया....

14.

नया दिन,
नया चेहरा,
नया भाव लिए निकला हूँ
उसी पुराने बाज़ार में...
ताज्जुब है...
तुम कैसे ख़रीद-फ़रोख़्त कर लेते हो..
हमें ना तो ख़रीदने का शौक़,
और ना ही बेचने का हुनर आया अभी तक.....

15.

देखो...
कोहनी के बल
आसमान से
झाँकता हुआ
हमारा धुँधला चाँद
मुमकिन है कि
कल सुबह
इस बेदिली वाले शहर
की इमारतों के जंगल में
खो जाए
या
दोपहर की बेज़ुबानी वाली शोर
इसे निगल लें
सुनो !
हम इस चाँद को लेकर
उस पार चले जाते हैं।
- मैं
(आधी रात में चाँद को निहारते हुए)

16.

सपने
वो जगह पसंद है मुझे
जहाँ से शुरू होती है यात्रा
किसी मंज़िल के लिए
जहाँ से निकलते है सपने
रेत के मरुस्थल में तप
कर तैयार होते हैं,
यथार्थ के कड़ाही में पकने के लिए
सपने आकाश की तरह अनंत,
सपने क्षितिज की तरह अजनबी,
सपने बच्चों की तरह मुलायम,
सपने परियों की तरह पंख फैलाये,
सपने कोहरे में सोये जंगलों की तरह,
ऊँघते दिन की तरह सपने।
कहते हैं वो अपने सपने बेच दो....
क्या ख़रीदूँगा मैं
अपने सपने बेच कर?

17.

कई बार शाम Cartado की कप की तरह हो जाती है,
जिसे मैं सुकून से धीरे-धीरे चुस्कियाँ लेते हुए
अपने अंदर उतार रहा होता हूँ।
हर लम्हा Cartado की तरह गर्म और कड़क......
जब काफ़ी के कप को पूरे इत्मिनान से
गर्म से ठंडा होने तक अपने अंदर समेट लेता हूँ,
तब ख़ुद में ख़ुद के होने का एहसास
और मुकम्मल हो जाता है।
जी रहा हूँ उसी एहसास को.....

18.

अन्धेरी रात में कराहता हुआ सहमी-सी ख़ामोशी
पलकों को चूमती हुयी बीमार नींद
कुछ देर तक शोर मचाते हुए अनदेखे सपनें
और
कुछ दूर तक फैला रहा तन्हा अन्धेरा
तभी
दर्द ने बाँसुरी के छेद पर अपनी ऊँगली रखी
और
कई ज़ख़्मों की रागिनी बिखर गई
खिड़की के अंदर से खिड़की के बाहर
दो ख़ाली आँखें फिसल कर गिरती है
सितारों की बारिश थमी नहीं है
सड़क के दोनों तरफ़ के दरख़्त ऊँघने लगे हैं
लेकिन
आज फिर बे-आवाज़ नींद
मेरे बिलकुल पास से गुज़र गयी।
-सुमित
(दिन के उस पार नींद के इंतज़ार में)

19.

उसके आँखों में सपना है
सपना
आसमान में उड़ने का
सपना
आसमान के पार एक और
आसमान तलाशने का।
उसके बातों में जज़्बा है
जज़्बा
आसमान तक पहुँचने का
जज़्बा
एक और आसमान तलाशने का।
उसके पैर ज़मीन पर हैं,
ज़मीन के भीतरी तह तक
और
उसने उड़ान भरने के लिए
पंख फैला दिए हैं।
वो ज़मीन से आसमान तक
एक सीढ़ी बनायेगी
वो सीढ़ी
जिस पर आने वाली पीढ़ी
आसमान तक का सफ़र तय करेगी।
वो आज की नारी है।

20.

तुम्हारे माथे की बिंदी के चाँद में
नहाया हुआ रेगिस्तान
और रेत की बंद मुट्ठी सा टीला
जिसमें दो जिस्म एक दूसरे की रूह तलाशते रहें रात भर
उसी रेत की
ऊँचाई और गहराई में
मानसरोवर तलाशते रहें
प्यास बढ़ती रही
तपिश पिघलती रही रात भर
लेकिन ख़ुद में तुम्हें
और
तुम में ख़ुद की तलाश
शेष है अभी
पूरी कायनात से कह दे कोई
इस रात के बाद फिर सुबह ना हो

21.

आज चाँद उदास है
धनक़ भी फीकी है चाँद की
कल सारी रात जागता रहा मैं
लेकिन
चाँद से मुख़ातिब ना हो सका।
रोज़ रात चाँद की ऊँगली पकड़
उसे सुबह का रास्ता दिखता हूँ
सालों से या शायद सदियों से
कल रात भी तो जाग ही रहा था मैं
और मेरे साथ
रात भी जाग रही थी
लेकिन ना जाने कहाँ
भटक रहा था मैं इन अनंत रेगिस्तान में
मरिचिका के छद्म में
या फिर मल्हार के सुर
तलाशता रहा / और चाँद
सुबह का रास्ता भटक गयी।
मुझे चाँद की आदत है
और चाँद को
मेरे ऊँगली के सहारे की
मैं रात भर
रेत के टीले में
मानसरोवर तलाशता रहा
और चाँद मुझे।
दोनों की तलाश अधूरी रही
और
चाँद से कल रात
सुबह तक का फ़ासला

तय ना हो सका
और मुझ से मानसरोवर तक का
और / तबसे
चाँद उदास है
धनक़ भी फीकी है
कल भी मैं
सारी रात जागता रहा
लेकिन चाँद से मुख़ातिब ना हो सका...
और तब से चाँद उदास है।

22.

मैं हर देश, काल और परिस्थिति में
एक चुटकी ज़्यादा रंग,
एक मुट्ठी ज़्यादा आसमान,
एक क़तरा ज़्यादा साँस,
एक क़दम ज़्यादा ज़मीन,
एक पंख ज़्यादा उड़ान
और
एक पलक ज़्यादा ख़्वाब लेकर चलता हूँ......
क़यामत से पहले
यही सब थोड़ा ज़्यादा समेट लूँगा
और थोड़ा ज़्यादा सहेज कर रख लूँगा....
अपनी अगली चिरनिरंतर यात्रा के लिए....
और फ़ना होने से पहले
आगंतुक यात्री की छोटी सी हथेली में
सब सौंप दूँगा....ताकि
यात्रा अनवरत पीढ़ियों तक चलती रहे
"पुनरपी जननम पुनरपी मरनम
पुनरपी जननी जठरे शयनम"

23.

हर रंग का एक वक़्त होता है,
हर वक़्त का भी अपना ही रंग होता है .
इन्ही वक़्त और रंग के बीच का तालमेल है जिंदगी .
यकीं न आये तो
कभी वक़्त को मनचाहे रंग में रंग कर
और
रंग को अनचाहे वक़्त में मिला कर देख लो .

24.

भाई रंगरेज़ ,
तुम मुझे परत - दर - परत
अपने मनचाहे रंग में
रंगते चले गए
फिर , एक दिन अचानक ,
तुम्हें उन रंगों के बहुत भीतर
मेरा भी एक रंग नज़र आया ,
तो तुमने मुझे जला दिया ,
और मुझ जलते को देखा भी ,
लेकिन मैं तुझे ढूँढता रहा।
एक बार पलट कर तो देखो ,
इन लपटों में
तुम्हारे ही रंग दिखते हैं
भाई रंगरेज़।।

25.

मनचाहा जगह
मनचाही कॉफ़ी
मनचाहा साथ
आभासी ही सही...
..... अपने अंदर एक मनचाहा जहां
लिए घूमते रहता हूँ...
किसी फक्कड़ सूफ़ी की तरह...
जहाँ छांव की दरकार हो
अपना कम्बल वहीं बिछा कर
मनचाहे छांव की कल्पना कर लेता हूँ....
.... बस ऐसे ही मिल लेता हूँ
अपने मनचाहे से....

26.

गोवा की एक दोपहर
रेत पर लेटी हुयी समुन्दर की अलसाई लहरें
ढेर सारे क़दमों के निशान
नर्म सी तीखी धूप
और बूढ़े बरगद की तरह
सदियों से शांत खड़े पत्थर।
इन लहरों ने ना जाने
कितने पैरों के निशान मिटाये होंगे
इस तीखी धूप में
कई जोड़े पिघले होंगे
शांत खड़े पत्थरों पर
सदियों से
प्यार की क़समें खायी गयी होंगी।
एक दोपहर अचानक
उम्र से भी लम्बी इंतज़ार
के समुन्दर को पार कर के
हम इसी रेत पर कुछ क़दम चले
और
अलसाई लहरों में उछाल आ गया
हमारे पैरों के निशान को
रेत ने अपने अंदर सहेज किया
जिस बूढ़े पत्थर पर हम
एक दूसरे के ऊँगलियों में
ऊँगलियाँ फँसाये बैठे थे
हमारी धड़कनों की आवाज़ से
वो पत्थर जवान हो गया...
और इस तरह
सदियों से एक ख़ास सलीक़े से जीने वाला गोवा

अचानक थोड़ा सा बदल गया
और
हमारे बहुत अंदर
एक झरना समुन्दर से मिलने मचल पड़ा...
जब सदी के उस पर
समुन्दर की परतें खोली जायेंगी
तब
उस नई सदी को मिलेगा दो जोड़ी पैर के निशाँ
और
मुस्कुराता हुआ गुलाब...
जो बिना हमारा नाम लिए
हमारी मोहब्बत को बयाँ करेगा...
..... और मेरे प्रिये
इस तरह हम कई सदियों तक का
सफ़र तय करेंगे....

25/11/2018
3:40pm

27.

मेरे प्रिये,
दिन के ख़ाली भगोने में
प्यार की गर्माहट पर
दिन भर
थोड़ा पानी और थोड़ी दूध में
तुम्हारे चुम्बन की शक्कर
और
स्पर्श की पत्ती डाल कर
खौलाता रहा।
अब डूबते सूरज के साथ
तुम्हारे याद की फ़ुरसत वाली चाय तैयार है।
सच कहूँ तो इसकी एक घूँट से ताज़ा हो जाता हूँ।
साथ बिताए हुए पलों की बालकनी में
भावनाओं के ननखटाई के साथ
मैंने वो चाय
हमारे लिए सहेज कर रखा है।
जब तुम आओगे प्रिये
तब उन्ही भावनाओं को चाय में डुबो कर मुझे खिलाना।
उफ़्फ़्फ़ तुम्हारे प्यार की लज्जत
मेरे होंठो पर अभी भी है
और ताउम्र बरक़रार रहेगा।

28.

कायनात
वो जो कागज के कुछ टुकड़े
पिछली मुलाक़ात में
तुम मेज़ पर छोड़ आये थे,
तेरे रुखसत के बाद
वही कायनात थी मेरी!
अब बेहाल-ऐ-हिज्र्रा
भटक रहा हूँ वहीँ ,
तेरी वस्ल की राहत मिले तो
शायद क़यामत हो ..

लघु कविता

1.

बेशक मैं हिरासत में हूँ तेरी
बस ये दुआ है की
कोई ज़मानत न करा दे....

2.

अगर सफ़र में
बने रहना है तो
ख़्वाब और हक़ीक़त
के बीच का फ़र्क़ क़ायम रहे...
....लेकिन शर्त ये है की
फ़ासला एक नींद भर का हो....

3.

पन्नों पर सिर्फ़ हर्फ़ नहीं,
चेहरे भी छपते हैं....
बस पढ़ने का हुनर चाहिए
और थोड़ा इत्मिनान भी....

4.

आज फिर बे-आवाज़ नींद
मेरे पास से गुज़र गयी....

5.

सूरज की रात
कहाँ और कैसी बीती होगी
कभी सोचा है तुमने....

6.

उफ़....

आँखों में उतर आई है

रातों की स्याह गहराई,

राह में कुछ ख़्वाब फ़ैले थे

और जेब में मेरी तन्हाई।

7.

सुनो माया

तलाश शेष है अभी...

खुद में तुम्हारी

और

तुम में खुद की

8.

जब तुम्हारे ख़्वाबों के शहर में

तुम्हारे ख़्यालों की भीड़ जागती है

समझ जाता हूँ भोर हो गई........

9.

नींद न आने के

कई बहाने होते हैं,

लेकिन नींद किसी बहाने से नहीं आती और ना ही

किसी के बहलाने से.....

10.

रात भर तेरी याद के रेगिस्तान में भटकता रहा।

बहुत देर तक..और बहुत दूर तक..

11.

नींद से इश्क़ है तुम्हें....
कभी मुमकिन हुआ तो
यही दुआ मागूँगा की
मैं तुम्हारी नींद बन जाऊँ

12.

दिन भर जिसे
अपने साथ लिए भटकता हूँ
रात में वो परछाईं
ना जाने कहाँ गुम हो जाती है...

13.

अगर सभी मन्नत पूरी हो
तो ज़िंदगी और जन्नत का
फ़र्क़ मिट जायेगा.....

14.

रात के भगोने में
बहुत इत्मिनान से जो
ख़्वाब खौलाए थे मैंने
ये उसी चाय की
चुस्कीवाली सुबह है....

15.

वस्ल की रात
तुम सो जाना मेरे भीतर
मूँदी पलकें, भीगे होंठ, खुली देह....
और मैं
जागता रहूँगा रात भर

जैसे नींद जागती है
तुम्हें अपलक देखते हुए....

16.
सुनो!
तुम्हारे वस्ल के जो सिक्के
यादों के गुल्लक में संभाल रखे थे
अब बे हाल-ऐ-हिज्र कि मुफ़लिसी में
वही सिक्के खर्च कर रहा हूँ....

17.
जो थे कभी लबालब भरे हुए,
आज कैसे अपने ख़ालीपन से
अपना ख़ालीपन भरेंगे....

18.
आईना हूँ मैं..तुझे अक्स दिखाऊँगा
मगर तेरे मुताबिक़ नहीं नज़र आऊँगा....

19.
नया दिन
और पुरानी तस्वीर
कुछ इस कदर
वक़्त गुज़ार रहे हैं....

20.
वो दास्तान तेरे वस्ल में मुकम्मल करनी है
जिसका ख़्याल तेरे हिज्र में मिला है मुझे

21.

अपना-अपना कारोबार है
तुम अपने ख़याल में रहो
और
मैं तुम्हारे ख़याल में

22.

तेरी ना-मौजूदगी में
ये आसमान बे-चराग़ और
ये ज़मीं बे-लिबास हो जायेगी ....

23.

सुनो!
जब भी मौसम बदलेगा
तुम मुझे याद बहुत आओगे

24.

सुलग रहे हैं हर्फ़....
किताबों के फ़लसफ़े
फ़ासले से पढ़ना...

25.

सच बताऊँ
कॉफ़ी हाउस में बैठ कर
एक ही प्याली के
हर घूँट का फ़र्क़ भी
समझता हूँ....

26.

सच कहूँ
अगर पाँव के नीचे ज़मीन और सर के ऊपर आसमान ना हो तो
ख़ुद के होने का एहसास नहीं होता....
शहर के होने का एहसास भी शहर में होना ही है......
किसी के सर के ऊपर और किसी के पैरों के नीचे बने
कमरे को में शहर नहीं मानता...

27.

सुनो!
मैं तुम्हारी ज़मीन हूँ
तुम मेरे आसमान बन जाओ ....

28.

किताब सिर्फ़ वो नहीं
जो आपकी आलमारी में सजी है...
हर एक चेहरा....
हर एक शख़्स किताब है
जनाब... पढ़िएगा ज़रूर...

29.

सिलवटों से भरी है लिबास रूह की
तमाम उम्र हादसों में गुज़र गयी.....

30.

उसको यक़ीं नहीं की
मैं अब "वो" नहीं रहा ....
मुझे भी ताज्जुब नहीं कि
"वो" अब "वो" नहीं रही ....

31.

तुम्हारा ख़्याल भी फैल गया इत्र की तरह
अब तो तन्हाई भी महफ़ूज़ नहीं रही...

32.

अधेंरी रात..
सहमी-सी ख़ामोशी
पलकों को चूमती हुई
बीमार नींद
कुछ देर तक
शोर मचाते हुए सपनें .....
....और सुबह हो गयी।

33.

इश्क़
तुम "से" गुज़रते हुए
तुम "में" पहुँचना

34.

गुनाह ही सही
शिद्दत से कीजिए
ख़ुदा और ख़ुद में फ़र्क़
बस गुनाह भर का है..

35.

स्याह सफ़ेदी....
हाँ... यही वो नया रंग है
जिसे इन दिनों
मिज़ाज ने ईजाद किया है

36.

तब कॉफ़ी की प्याली
नदी जैसी होती थी
दोनों किनारे से हम
एक-एक घूँट पीया करते थे,
अब एक प्याली भी
ख़त्म नहीं होती और
कमबख़्त शाम गुज़र जाती है।

37.

अगर
सभी मन्नत पूरी हों तो
ज़िंदगी और जन्नत
का फ़र्क़ मिट जायेगा

38.

सुमित कोई समय नहीं है जो बदल जाए
पाषाण की तरह अपरिवर्तनशील
परंतु मोम जैसा हृदय

39.

आओ
शब्दों का सौदा करते हैं
तुम मुझे मेरे मनचाहे शब्द दे दो
और बदले में चाहो तो
मेरे सारे शब्द ले लो......

40.

हमारी बेपरवाही का आलम तो देखिये
लहरों का मिज़ाज देखे बिना
काग़ज़ की नाव समुन्दर में छोड़ दी।

41.
सुनो!
भटकने का ख़्याल बुरा नहीं होता है,
भटकने के बाद का अहसास
तकलीफ़ - देह होता है।

42.
अब कौन सा नया रंग ईजाद करूँ
पुराने सभी रंग तो तुम्हारे निकले

43.
जब से आसमाँ का रंग मैला हुआ है
तब से चाँद भी धुँधला नज़र आता है

44.
कई दिनों से चाँद ख़ामोश है,
कई दिनों से हम ने भी बात नहीं की

45.
बा मुश्किल ख़ुद को याद आया हूँ
एक उम्र ख़ुद से जुदा रहने का ये असर है

46.
एक क्षितिज ऐसा भी है
जहाँ शोर अपने चरम पर
सन्नाटे में तब्दील हो जाता है...

47.
सुनो,
सच में बारिश हो रही है
और...रात भीग रही है

48.

सफ़ेद रात
सूरज ढूँढता है ख़ुद का साया
काले दिन में
आफ़ताब सुकून ढूँढता है...

49.

स्केचबुक
सफ़ेद काग़ज़ इश्क़
लकीर तमन्ना और
बिखरा हुआ रंग तमाशा....

50.

तेरी याद,
दो आँगन के बीच की दिवार पर
जलता हुआ दिया जैसा......

51.

मुझ में मेरे जैसा ही एक और शख़्स क़ैद है
कोलाहल में ख़ामोश शोर की तरह...

52.

दिन चीखती हुई खामोशी जैसा
और
रात शोर मचाते हुए सन्नाटे जैसी

53.

कहना बहुत था उस वस्ल की रात
लेकिन
हर्फ़ कोयले की तरह सुलगते रहे

और
दो जिस्म रात भर पिघलते रहे

54.
तेरा हिज्र भी मंज़ूर है उम्र भर के लिए
शर्त ये है की वस्ल की रात सुबह ना हो

55.
तुम्हारे एहसास में
आफ़ताब रोज़ सुलगता है
तिश्नगी इतनी कि
अब दरिया से डर लगता है

56.
सुनो,
मेरी स्याह नींद की स्याही से
मेरे लिए नज़्म की तरह
एक ख़्वाब लिखना...
... मुमकिन हो तो

57.
शिद्दत
दूर तक फैली हुई
सफ़ेद बर्फ़ीली ज़मीन पर
किसी टूटी हुई शाख़ में फूल की आरज़ू

58.
कल आईने ने
चुपके से पूछ ही लिया
बता क्यूँ तेरी आँखें
बे-जान सी लगती हैं ?

59.
...और सुलगते हुए दिन ने
एक उदास शाम,
रात से पिघलते हुए कहा
अब तुम मुझे याद नहीं आते....

60.
उफ़....
तुम्हारी याद में
दोपहर की धूप भी
सर्द लगती है...

61.
रात की गीली ख़्वाहिश
सुख रही है
दोपहर की धूप में...

62.
सुनो!
तुम गंगा बन जाओ
मैं काग़ज़ की नाव बनना चाहता हूँ
डूबने की लज्ज़त से वाक़िफ़

63.
अपने-अपने ज़ख़्म हैं साहेब..
ज़मीन की कोख में अंधेरों का ज़ख़्म
और
आसमाँ के माथे पे आफ़ताब का ज़ख़्म

64.

हर सुबह
ख़ाली कैनवास सा
हर शाम
जैसे हो कोई तस्वीर अधूरी..

65.

जब भी
पुराने किताब के पन्ने पलटता हूँ
अंदर सहेज कर रखे हुए
मोर पंख की तरह
तुम्हारे नाम के एक एक हर्फ़ को
इत्मीनान से पढ़ता हूँ

66.

पौना किलो बीत चुकी है
बस पाव किलो बची है
(राशन नहीं जिन्दगी)

67.

सुनो,
शोर बहुत है
मगर
मैं अब भी
ख़ामोशी ही सुनता हूँ।

68.

हलफ़नामा
ना मैं पहली बार बना था
ना मैं आख़िरी बार बनूँगा

मैं हर रोज़ बनता रहा हूँ
मैं हर रोज़ बनता रहूँगा

69.

संवेदनहीनता का मूल्य मिलता है
और संवेदनशील होने का
मूल्य चुकाना पड़ता है !
फैसला आपका !

70.

सुनो माया,
सूखे हुए पत्तों में भी
नमी होती है।
तुम चाहो तो
उसे शबनम कह लो...

71.

सुनो!
तुम्हारी राह रौशन हो
इस लिए एक जलती रात
छोड़ आया हूँ...

72.

जब वो ख़ुशबू की तरह
हवाओं में बिखर जाएगा
तब देखना अपाहिज फूल
किताबों में नज़र आएगा

73.

गुमाँ था की मेरे साथ एक दुनिया है
तेरे जाने से अब यक़ीं हो चला है..

74.

हुनरमंद परेशाँ हैं
किताब की तरह चेहरे भी
जिल्दों में छुप गये....
रात के लिफ़ाफ़े में नींद का
पैग़ाम तो आया था
लेकिन
चाँद से गुफ़्तगू में रात भर सो ना सका
धूप से डर कर जो दिन भर
मुझ से लिपटा रहा तेरी याद
शाम होते ही मैंने अपनी परछाईं की चादर फैला दी उस पर ||

खण्ड 2

मैं और माया

सुनो माया,
मैं तुम्हारी ज़मीन हूँ,
तुम मेरा आसमान बन जाओ...

1.

सुनो माया,
मसरुफ़ियत के दिनों में जो
वक़्त से कुछ छुट्टे चुराए थे हमने,
उसे यादों के गुल्लक में संभाल रखा था।
अब बेहाल-ऐ-हिज्र के फ़ुर्सत में
वही सिक्के ख़र्च कर रहा हूँ।

2.

पिछली रात की ही बात है.... समुन्दर किनारे

सफ़ेद रेत पर लहरों से बचते हुए माया और मैं...

सफ़ेद लिबास में माया चाँद जैसी लग रही थी। कुछ देर चलने के बाद हम वहीं एक चट्टान पर बैठ गए, कुछ देर लहरों को निहारने के बाद माया ने पूछा सपनों को छूते ही उसके रंग क्यों उड़ जाते हैं"

मैंने माया कि आँखों में अपने सपनों के प्रतिविंब को निहारते हुए कहा

"माया, सपने बंद आँखों के अंधेरे में देखे जाते हैं..... सपनो का रंग एक अहसास मात्र है.... तेज़ रौशनी में इसका कोई वजूद नहीं है। बंद आँखों के अहसास को हक़ीक़त कि तेज़ रोशनी में छूना एक गुस्ताख़ी है माया.......

माया थोड़ी मायूस तो हुई लेकिन तुरंत ख़ुद को संभालते हुए अपनी रुहानी आवाज़ में फिर पूछा "और ख़्यालों के रंग....?"

मैंने माया के नर्म और सुंदर हाथ को अपने हाथों में लेते हुए कहा

"ख़्याल तितलियों की तरह रंगीन और चंचल होते हैं माया... इन्हें सिर्फ़ देखो और हो सके तो इसके रंग में अपनी रूह को रंग लो.... लेकिन इसे अपनी मुट्ठी में बंद करने की नाकाम कोशिश मत करना नहीं तो इसके रंग तुम्हारी उँगलियों पर चिपक जायेंगे और तितली बेरंग हो जायेगी माया"

ऐसा बोलते हुए मैं माया की लम्बी और पतली ख़ूबसूरत ऊँगलियों में तितलियों के रंग का निशान ढूँढने लगा.... और माया मेरे होने की वजह को तलाशने लगी...

लहर थोड़ी और तेज़ हो गयी....

22 April 2019

3.

पिछली शाम...... रात से थोड़ा पहले और दिन ख़त्म होने के बाद

डब डबाई आँखों वाला लाल आसमान... और उसके नीचे, नितांत अकेला मैं..

थोड़ी तपिश भी थी..... शायद सूरज सिमटना भूल गया हो और एक टुकड़ा तपिश यहीं छोड़ गया हो।

कुछ सोचता हुआ आसमान की लालिमा निहार रहा था की तभी एक ठंडी छांव की सफ़ेद परछाईं ने मुझे ढक लिया। मुड़ कर देखा तो माया खड़ी थी। एक क्षण उसके आँखों में देखा.....

उफ़्फ़्फ़्फ़्फ़्फ़्फ़, ढेरों सवाल थे।

मैं वापस पलट गया। उदास आसमान निहारना अच्छा लग रहा था।

हमेशा की तरह माया सवालों में मुझे भटकाना चाह रही थी और मैं कुछ देर के लिए शब्दों से मुक्त होना चाहता था।

माया कुछ देर ठहरी रही.......

शायद कुछ देर और ठहरी रही.....

लेकिन मैं शब्दहीन संवाद करना चाहता था।

सफ़ेद छांव अब नहीं था वहाँ, पलट कर देखा माया कुछ दूर जा चुकी थी,

उदासी थोड़ी और गहरी हुई....

नहीं माया इतनी दूर भी नहीं गयी थी की मैं आवाज़ ना दे सकूँ,

लेकिन एक रिवाज है हमारे बीच की

हम कभी भी एक दूसरे को पीछे से नहीं पुकारेंगे....

अब तक माया ओझल हो गयी... मैं वापस आसमान से मुख़ातिब हुआ....

वहाँ भी गहरा लाल रंग फैल गया था और एक चुटकी काला रंग किसी ने मिला दिया था। इसी गहरे लाल रंग की बड़ी सी गोल बिंदी लगा कर माया पिछली बार मिलने आयी थी.....

उफ़्फ़्फ....... काला रंग फैल रहा है...

अंदर और बाहर के फ़र्क़ से बेपरवाह.......

26 April 2019

4.

रेत का मरुस्थल तो देखा सुना होगा,

लेकिन मैंने कुहासा के मरुस्थल में एक लम्बी चढ़ाई चढ़ी है।

ताज्जुब तब हुआ जब मैं एक बार ऐसे ही किसी कुहासा के मरुस्थल में एक अदृश्य चढ़ाई चढ़ रहा था, मेरी चढ़ाई अपने चरम पर थी और सबसे ऊँची चोटी चढ़ने ही वाला था की सफ़ेद किरणों के जादुई गलीचे पर सवार माया वहाँ आ गयी।

माया ने अपनी निश्छल मुस्कान से मेरी तरफ़ देखते हुए पूछा

"कुहासा से क्यों उलझ रहे हो….. इसकी घनी परत कभी भी यथार्थ को तुम तक नहीं पहुँचने देगी।"

मैं अपने चलने में मशगूल और चोटी तक पहुँचने के भावी आनंद में डूबा हुआ माया की बात को अनसुनी कर गया।

तभी माया मेरे और क़रीब आ गयी और उसके होने के एहसास की सर्द हवा और रोशनी ने वहाँ से कुहासे की परत को हटा दिया, और बच गया नंगा यथार्थ।

मैंने पलट कर पीछे देखा तो ताज्जुब हुआ कि वहाँ कोई चढ़ाई थी ही नहीं।

मेरे समतल ज़मीन पर काल्पनिक मशक़्क़त ने मुझे बहुत ज़्यादा थका दिया।

मैं वहीं किसी पेड़ की सूखी हुई टहनी का सहारा लेकर बैठ गया।

माया ने मेरे पास आकर मेरे सर पर वात्सल्य से हाथ रखते हुए पूछा

"क्यों कुहासे के मायावी रेगिस्तान में भटकते हो, यथार्थ की ज़मीन बेशक पथरीली हो सकती है लेकिन सपाट भी होती है। इस कुहासे को दूर से देखो अच्छा लगेगा लेकिन इसमें शामिल मत हो।"

मैंने सुर्ख़ आँखो से माया की तरफ़ देखते हुए कहा

"सुनो माया, कुछ है जो दूर से बहुत ख़ूबसूरत लगता है लेकिन बहुत पास आने पर वो बात नहीं रहती...... तकलीफ़ तब होती है माया जब आप वहाँ से वापस भी नहीं जा पाते हो...."

उफ़... मैंने आज पहली बार माया की आँख को छलकते देखा....

5 may 2019

5.

आज दोपहर से ही आँखें बोझल थी.. नींद का पैग़ाम आया था। रात के सन्नाटे में मिलने का वादा किया था...

सफ़ेद बिस्तर पर अपनी आग़ोश में समेट लेने का पैग़ाम था।

सुबह तक उसमें ही उलझे रहना था मुझे... शाम के वक़्त माया ने भी पूछा था कि आज मिलोगे मुझ से....

मैंने बेपरवाही से माया को मिलने से मना कर दिया... नींद से मुलाक़ात अब मेरी ज़रूरत बन गयी है और ऐसे में सामने से आया हुआ पैग़ाम कैसे ठुकरा सकता था....

लेकिन कमबख़्त नींद ने आज फिर वादा खिलाफ़ी की ...

बस एक ग़ज़ल शोर बनकर गूँजती रही...

" ग़ज़ब किया की तेरे वादे पर इंतज़ार किया....."

अब माया भी नहीं दिख रही है....

पूकार भी नहीं सकता माया को, नहीं पुकारने का रिवाज जो है हमारे बीच....

7 may 2019

6.

लम्बे इंतज़ार के बाद आज स्याह रात में लहरों की सफ़ेद लकीर की तरह माया से मुलाक़ात हुई..... बेवजह की जुदाई थी,

आलम ये था कि हमसे पुकारा ना गया और उन से आया ना गया।

मैं कोहरे के इस पार माया को तलाश रहा था और माया धूंध के उस तरफ़ मेरे इंतज़ार में थी। एक ज़रा सी कोशिश भर की मैंने धूंध की पतली परत को हटाने की और माया मेरी नूर-ए-नज़र मेरे रूबरू थी।

लेकिन आज उसके चेहरे पर प्रेम की ताज़गी के साथ उदासी का हिजाब भी था। कुछ ही क़दम के फ़ासले तय करने पर माया की नर्म हथेली को मैंने थाम लिया और उसकी लम्बी और पतली ऊँगलियों से खेलते हुए मैंने पूछा

"क्यों माया..... तुमने मेरी पुकार क्यों नहीं सुनी।"

माया ने उदासी के हिजाब को हटाते हुए कहा

"तुम पुकार तो रहे थे लेकिन तुम बहुत ज़्यादा एकांत में थे.... और मेरी फ़ितरत है की ना तो हुजुम के शोर में मिल सकती हूँ और ना ही एकांत के सन्नाटे में.."

बहुत ही अजीब सा जवाब, उलझन और बढ़ गयी... लेकिन और कुछ पूछ ना सका... बस माया की परछाईं के साथ उलझती हुए लहरों को देख रहा था..... चाँद की धनक और भी बढ़ गयी थी...

तभी माया ने मुस्कुराते हुए कहा

"सुनो !.....मुझ से मिलने की शर्त ये है की पृष्ठभूमि में कोलाहल तो हो लेकिन तुम उस से थोड़ा अलग दिखो.... सन्नाटा नहीं ख़ामोशी पसंद है मुझे... स्याह एकांत लेकिन ख़ामोशी की लय गूँज रही हो..... उस लय पर थिरकते हुए मैं आलिंगनबद्ध हो सकती हूँ....... "

"सुनो जब भी समुन्दर की लहरों के थाप पर चाँद धीरे से अपनी चाँदनी के रबाब पर राग यमिनी बिखेर दे तब तुम हल्की धूंध की चादर हटाना, उस पर मैं ही मिलूँगी..... मुस्कुराते हुए।"

"मुझे ढूँढना बंद कर दो, मुझे सिर्फ़ महसूस करो..... मैं माया हूँ और मैं तुम में ही हूँ...... बस अब और मत भटकना.... भटकने का ख़्याल बुरा नहीं होता है, भटकने के बाद का अहसास तकलीफदेह होता है।"

उफ़्फ़्फ़्फ़्फ़्फ़....... कितना सुकून है माया की बात में, और उसकी सोहबत में, उतनी ही ऊष्मता भी है।

चाँद की पूर्णता बढ़ती जा रही थी और लहरों का तापमान भी........

9 June 2019

7.

अभी तक सिर्फ़ मेघ बरसता रहा लेकिन सावन नहीं आया, सावन आने का मतलब ही है माया के साथ एक लम्बी ड्राइव...

माया के आने का मतलब है सावन...... आज ड्राइव करते वक़्त बारिश की बूँदे गाड़ी के काँच पर गिरती हुई शोर मचा रही थी... और मन माया को ढूँढ रहा था, तभी हल्की खनकती हुई हँसी पर पलट कर देखा माया मेरे साथ थी बग़ल वाली सीट पर.... धीरे से मेरा हाथ अपने हाथ में लेकर सहलाते हुए माया ने कहा...

"चलो कहीं दूर चलते हैं... समुन्दर की तरफ़।"

अब आसमान भी थोड़ा और झुक गया था मेरी तरफ़.... मैंने खिड़की का काँच नीचे करते हुए झुके हुए आसमान से थोड़ा और झुकने को कहा और बादलों पर लिख दिया ...प्यार..... बादल सकुचाई और बरस पड़ी....उसने प्यार में सराबोर कर दिया मुझे... माया ने भी बेपरवाही से मेरे हाथ को अपने में समेट लिया.. मैं प्यार में भिगा हुआ आगे बढ़ा....कुछ ही आगे बढ़ा था की समुन्दर से मुलाक़ात हुई, उसकी लहरें इशारे से हमें बुला रही थीं। हम दोनों लहरों के पास चले गए और मैंने उसे सहलाते हुए उसके कान में हौले से फुसफुसाया

...प्यार

लहरें अठखेलियाँ करने लगी और हमारी आग़ोश में आ गयीं.... उसने अपने प्यार में हमें नमकीन कर दिया

हम दोनों उन लहरों पर चलते रहे... दूर.... और दूर जहाँ लाल सूरज लहरों का कंबल ओढ़ने ही वाला था माया ने सूरज को बहलाया और मैंने धीरे से उसे भी सुनाया

....प्यार......

सूरज शर्म से और लाल हो गया और उसने लहरों के कम्बल में ख़ुद को छुपा लिया। हम एक दूसरे को थामे हुए थोड़ा ही और आगे बढ़े और साथ ही अँधेरा भी थोड़ा और बढ़ गया था लेकिन प्यार की दूधिया रोशनी का प्रतिबिम्ब पानी पर झूम रहा था। कुछ ही क़दम और आगे बढ़े की चाँद हमें दिख गया चाँद की रोशनी में माया और भी रौशन हो गयी तभी मैंने अपनी ठंडी और कंपकंपाती ऊँगलियों से चाँद के जिस्म पर उकेरा

....प्यार

चाँद और ठंडा हो गया और उसने दूधिया रोशनी फैला दी और मैं प्यार में मगन

हो गया। तभी अचानक मेरी खिड़की पर सूरज की पहली किरण ने दस्तक दी और मेरी नींद खुल गयी...

एक मधुर रागिनी गूँज रही थी.... थोड़ा ग़ौर से सुना तो हर तरफ़ एक शब्द गूँज रहा था

..प्यार.....

हाँ..... सिर्फ़ प्यार।

2 Aug 2019

8.

"तुम मुझे इतना क्यों चाहते हो?"

पिछली बरसात की रात, गीली सड़क पर, स्याह रात में..... गाड़ी से दूर कहीं यूँ ही बेवजह जाते हुए तुमने यही पूछा था ना माया?

पता है उसी समय बादल पिघल कर ज़मीन पर फैल गया, गीली सड़क की नमी गाड़ी के काँच पर भी फैल गयी थी.....

माया उन दिनों जब तुम से नयी-नयी पहचान हुई थी और रिश्ते का आग़ाज़ हुआ था तब भी बरसात का ही मौसम था, ऐसी ही एक रूमानी रात.... ज़मीन पर बादल की परत बिछी हुई थी.... तारे टिमटिमा रहे थे.... चाँद शायद हमारे इस नए रिश्ते के नूर से कुछ ज़्यादा ही रोशन था। रात के कैनवास पर शब्दों की रंगीन बूँद टपक रही थी... और तभी तुमने कहा था

"सुनो..... मुझे तुमसे प्यार है....."

उफ़्फ़्फ़्फ माया.... तभी मैंने चुपके से चाँद को देखा था, धनक और बढ़ गयी थी... और तभी से मैं तुम्हें, तुमसे ज़्यादा चाहने लगा था...

....

....

माया...... याद है, उस बारिश के बाद की पहली ठंड, सफ़ेद कम्बल ओढ़े हुए कश्मीर की हसीन वादी की गोद में डल झील के शिकारे की वो सुबह.... मैं तंदूर पर चाय उबाल रहा था और तुम ने पीली साड़ी पहने हुए बिस्तर पर अंगड़ाई लेते हुए अलसायी आवाज़ में कहा था

"मैं तुम्हारी दीवानी हूँ...."

तुम्हारी बेपरवाह अंगड़ाई को देख कर खिड़की से झाँकते हुए दूर खड़े बुज़ुर्ग पहाड़ों के माथे पर पसीना आ गया था..... ..... और तभी मेरी दीवानगी और बढ़ गयी थी माया....

उस वक़्त तंदूर की आग और तेज़ हो गयी थी...... चाय का उबाल और बढ़ गया था....

माया, तुम्हारी साड़ी का पीला रंग.... उसी फ़रवरी में पंजाब के खेतों ने ओढ़ लिया था.... लोगों ने समझा की सरसों खिली हैं।

कुछ इसी तरह कई मौसम से बहते हुए तुम्हारा प्यार मेरी दीवानगी से और मेरी दीवानगी तुम्हारे प्यार से उलझ कर रह गई दरिया.....कई सागर..... कई पर्वत..... कई घाटी और..... कई जंगलों से गुज़रते हुए..... आज यहाँ इस मोड़ पर खड़ा है....

फ़र्क़ सिर्फ़ इतना है की

तब हमारे बीच फ़ासला नहीं था और आज हम एक सवाल के फ़ासले भर दूर हैं....

हमारे बीच पुकारने का रिवाज नहीं है लेकिन..........

5 oct 2019

9.

कुहासा.... सिर्फ़ महसूस किया जा सकता है, मुट्ठी में गिरफ़्तार नहीं।

ताज्जुब होता है की कुहासा इतना जीवंत है कि इसे देख सकते हो, इसमें खो सकते हो, इसे सूँघ सकते हो (मानो या ना मानो कुहासा में एक गंध भी होती है).... कुहासा में उलझ भी सकते हो, इस से विपरीत कुहासा इतना आभासी है इतना काल्पनिक है की इसे आलिंगन में नहीं लिया जा सकता, दोनों हथेली के बीच इसे बंद भी नहीं कर सकते.....

उफ़्फ़्फ़्फ़्फ़्फ़ कुहासा को क्या कहूँ.... यथार्थ... या कल्पना.... या फिर... माया?

तुम्हारा एहसास भी कुहासा जैसा है माया....

यथार्थ की जीवंतता लेकिन काल्पनिक एहसास.....

कुहासा की धुँधली चादर ओढ़े हुए मंदिर की घंटी की जैसी महीन और खनकती हुई आवाज़ है माया की...

इसी कुहासा से गुज़रते हुए जब ख़्याल के मोड़ से दाहिने तरफ़ मुड़ता हूँ तो वहाँ एक हरश्रिंगार का पेड़ भी है....

ज़मीन फूलों से ढका हुआ......

माहौल में धीमी और मोहक ख़ुशबू.... ख़ुशबू ऐसी की मेरा रास्ता रोक लेती है।

झुक कर एक फूल अपने हाथ में उठाता हूँ सफ़ेद फूल सिंदूरी लाल डंठल के साथ..... सोचता हूँ अब मेरी हथेली भी ख़ुशबू से भर जायेगी,

नाक के क़रीब लाकर हथेली को सूँघता हूँ........नहीं ये हरश्रिंगार की ख़ुशबू नहीं है.....

याद है माया उस जुलाई बनारस के घाट पर बैठे हुए तुम्हारे हाथ को जब मैंने अपनी हथेली में समेट लिया था तो ख़ुशबू का टुकरा मेरी ऊँगलियों में उलझ गया था.....

अभी भी हथेली से उसी मुलाक़ात की ख़ुशबू आ रही है

9 Oct 2019

10.

नहीं अभी दिन की तल्ख़ी कम नहीं हुई थी.... थोड़ी सी धूप और बड़ा सा सूरज वाला दिन शेष था अभी.... कॉफ़ी के उसी कोने वाली मेज़ पर...

कुछ सादे पन्ने बिखरे थे.... आधी प्याली भरी हुई कॉफ़ी भी....

पुरानी मुलाक़ात की कुछ बूँद जो छलक कर इसी मेज़ पर टपक गयी थीं और पिछली मुलाक़ात के सन्नाटे को कम करने के लिए मेज़ बजाने की थाप......

वो सब जो दिख सकता था उसे साफ़ कर दिया गया था, लेकिन फिर भी कुछ शेष था अभी तक.....

मैं तुम्हें सोचते हुए... उन ख़ाली पन्नो को भर रहा था... नहीं बेचैन तो नहीं था लेकिन....

ख़ैर.....

कुछ सोचता हुआ मैं यूँ ही बीत रहा था, क्योंकि समय नहीं बीतता हम बीतते हैं।

अब तल्खियाँ थोड़ी कम हुई और सुनहरी रोशनी भी..... ठीक तुम्हारे होने के एहसास जैसा.... लेकिन मैं मशगूल था उन पन्नों में, मायने ढूँढ रहा था उन हर्फ़ों के और उलझा था उन लकीरों में... जो तुम्हें सोचते हुए बिखेरे थे मैंने।

सोच का ज़ायक़ा बदलने के लिए मैंने सर उठाया

ओह..... तुम तो सच में मेरे साथ हो माया।

"हर बार कॉफ़ी हाउस का यही कोना और यही मेज़ क्यों? कोई जगह तलाश कर लो ना"

माया ने थोड़ी सी फ़िक्र के साथ कहा...

और मैंने बेफ़िक्री में जवाब दिया

"सुनो माया, जब तुम नहीं होते तब भी अक्सर अकेले में कॉफ़ी मुझे कोने वाली इसी मेज़ पर मिलती है, मेरे मन को सहलाते हुए नर्मी से मेरा हाथ थामे।"

माया थोड़ी और फ़िक्रमंद हो गयी।

फिर शातिराना तरीक़े से मुलाक़ात का मिज़ाज बदलना चाहा माया ने और अपनी नर्म और लम्बी उँगली के रंगीन नाखून से मेज़ पर कुछ लिखते हुए माया ने कहा

"पिछली बार की चाय याद है तुम्हें...."

मेरी रूह ने जवाब दिया की याद करने की पहली शर्त भूलना है माया

मैंने मुस्कुराते हुए कहा

“हम्म्म्म... शायद”

और फिर मैं माया की चमकदार आँख में झाँकते हुए

“एक लम्बा सा मौन संवाद के बाद जब मैं जाने के लिए उठा था तब तुमने कहा था माया

रुको मैं चाय बनाती हूँ..... पीकर जाना।“

और इसी बहाने से मैं कुछ और देर रुक गया था।

वही आख़िरी चाय थी माया।

उस बहाने को याद करते हुए माया थोड़ी और मुलायम हो गयी.....

फिर दूर आसमान में तैरते हुए पंक्षी को देखते हुए मुझ से पूछा

“क्या फ़र्क़ है चाय और कॉफ़ी में?”

कई फ़र्क़ में से एक मुनासिब सा फ़र्क़ चुनते हुए मैंने कहा

“माया... किसी को कुछ और देर रोकने के लिए चाय की एक कप उतना ही ज़रूरी है जितना किसी के बिना किसी के लिए रुकने के लिए कॉफ़ी की एक मग.....”

माया की चमकदार आँख की चमक में थोड़ी सी लालिमा घुल गयी........ नहीं.... ये दूर आसमान में डूबते हुए सूरज की परछाई थी.....बस

16 Feb 2020

11.

पिछली रात,

स्याह अंधेरे के परतों को कुरेद कर कुछ रंगीन लम्हे तलाश रहा था...पुरी बेख़ुदी के साथ...

बेख़ुदी का आलम ये की ना जाने कब से माया मेरे पीछे खड़ी थी और मुझे एहसास भी नहीं हुआ...एहसास ना होने की एक और वजह थी इस बार माया के आने पर भी नूर नहीं आया और अंधेरे की कालिख यूँ ही फैली रही। रात का एक पहर अभी और बचा हुआ था... मैं अल्प विराम के लिए रुका और माया पर नज़र पड़ी...

वैसे विराम और माया का भी गहरा सम्बंध है... माया के साथ एक सुकून भरे विराम का एहसास होता है और जब कभी सुकून या विराम चाहिए तब माया की ही तलब होती है।खैर....

उसी अंधेरे परतों से निकल कर माया ने अपना हाथ मेरे कंधे पर रखा और इस मुरझाये हुए अंधेरे में एक बीमार चमक बहुत थोड़ी सी देर के लिए फैल गयी लेकिन इस चमक में माया के चेहरे का पिलापन मिला हुआ था...

मैंने बहुत ही तड़प के साथ पूछा कि तुम माया ही हो ना... वो रौनक़ कहाँ गयी तुम्हारी..

माया ने बेख़ुदी के साथ जवाब दिया

"पता नहीं... अब घुटन सी होती है.... मुझे मेरी उन्मुक्तता चाहिए..."

हमेशा घुप अंधेरे में भी माया ही मुझे रोशन करती थी लेकिन आज.... खैर... मैंने कहा

"कमबख़्त ये रात आती ही क्यों है.... काले रेगिस्तान की तरह है ये रात.... छांव के छद्म अहसास से भरा हुआ...."

माया ने कुछ बदले हुए अन्दाज़ में पूछा...

"वो शाम याद है..... जब हमने एक साथ तप्त लाल सूरज को समुंदर में डुबोया था... और चाँद जड़ा हुआ असमान का काला कम्बल ओढ़ कर वहीं समुंदर किनारे सो गए थे?"

"उफ़्फ़्फ़्फ़्फ़्फ़..... "

मैं बस इतना ही कह पाया

माया ने अंधेरे में गुम होते हुए कहा

"ये रात उसी दहकते हुए सूरज को समुंदर में डुबोने की सजा तो नहीं...?"

तभी मेरी निगाह तड़पते हुए चिराग़ पर गई और मैंने कहा

"या फिर... जो सूरज की सोहबत में भी बे-नूर हुआ जाता है

कहीं ये उसी चराग की साज़िश तो नहीं?"

माया ने मेरी बात को लगभग अनसुना करते हुए कहा...

"या... कहीं ऐसा तो नहीं की सिर्फ़ वक़्त ने रंग बदल लिया हो... सफ़ेद से स्याह हो गया हो और हम उसे रात मान रहे हों.."

मैंने माया की ही बात को आगे बढ़ाते हुए कहा

"... और अपनी प्रेमिका के माथे की बिंदी को असमान में चिपका कर हम उसे चाँद समझ रहे हों...."

माया ने फिर मेरी बात अनसुनी की और एक नई वजह तलाश ली

"या... शायद ऐसा कुछ भी नहीं.... सिर्फ़ तेज रोशनी से आँखें चौंधिया गयी हो और हमने अपनी आँख बंद कर ली है......"

और लम्बी चुप्पी वहाँ फैल गयी..... मैंने चुप्पी को तोड़ने की नाकाम कोशिश करते हुए माया की तरफ़ पलट कर कहा

" या फिर............"

नहीं माया वहाँ नहीं थी......

या तो इस अंतहीन अंधेरे में घुल गयी माया या फिर शायद उसी समुंदर में डुबे हुए सूरज के साथ ही अपनी उन्मुक्तता तलाशने चली गयीं.....

19 Sep 2020

12.

नहीं

बस यूँ ही.... वजह मुझे भी नहीं मालूम।

थोड़ी ऊबन, थोड़ी व्याकुलता, थोड़ा अकुलाहट और एक बूँद करूवाहट के साथ शाम में खुले मैदान में पश्चिम दिशा मेंडूबते हुए लालसूरज को देख रहा था।

दिन भर की सहज यात्रा के बाद पके हुए मीठे फल जैसा लाल सूरज।

काले करूवाहट में मीठा लाल शायद घुल रहा था, तभी खेत में किसी के आने की आहट हुई, मुड़ कर देखा तो सिंदूरी लाल कपड़े में माया खड़ी थी।

कई दिनों बाद माया आज मिलने आयी थी, नहीं नाराज़गी बिलकुल नहीं,

ताज़ा लाल आभा उसके चेहरे पर था।

मैं व्याकुलता में उसकी तरफ़ बढ़ा, और आवेश में उसे आलिंगन में ले लिया।

ना जाने कब आँख छलक गयी और उसके सिंदूरी गर्दन पर तप्त बूँदें लुढ़क गयी।

माया ने ख़ुद को मेरे आलिंगन से मुक्त करते हुए पास ही कुँए की मुँडेर पर बिठा दिया, कड़वी नीम के तले।

कुछ देर तक मेरी हथेली को अपने हाथ में लिए हुए मुझे निहारती रही माया।

उफ़्फ़्फ़्फ़्फ़..... ग़ज़ब का सुकून था उसके निहारने में।

मैं थोड़ासहज हुआ तब माया ने बहुत ही प्यार से पूछा

“इतने व्याकुल क्यों हो..... क्यों परेशान कर रहे हो ख़ुद को”

और मेरे पीठ को बच्चे की तरह सहलाते हुए बोला

“तुम बच्चे जैसे हो...बड़ों के दौर में तुम शामिल नहीं हो सकते।”

मैंने व्याकुलता से कहा

“थक गया हूँ माया और ऊब भी गया हूँ..... सब ख़त्म होता हुआ दिख रहा है मुझे या शायद कुछ मुकम्मल हो ही नहीं रहा है..”

ये बोलते हुए और भी भर गया मैं।

मेरे बालों को सहलाते हुए माया ने कहा

“तुम जो हो और जैसे हो वही रहो... स्वाभाविक और सहज रहोगे.... तुम्हारी बेपरवाही

और तुम्हारी बेफ़िक्री कहीं खो गयी है...वापस ढूँढकर रख लो। सुखी रहोगे। और मैं भी तो हूँ तुम्हारे साथ.....”

फिर कुछ रुक कर समझाते हुए कहा

“तुम उन समझदार लोगों की तरह मत भागो.... सब कुछ मैलिक रूप से होने दो... सुनो तुमने सुना है....... सहज पके से मीठा होये....”

24 Sep 2020

13.

"एक ही मेज़ पर एक साथ रखे हुए दो गिलास लेकिन दोनों के रंग अलग हैं..."

उस दिन दूर तक बिछी हुई हरी घास की चादर पर तकिये की तरह रखे हुए पहाड़ से जब सपनों की तरह झरने बह रहे थे तब मेज़ पर रखी हुई चाय और कॉफ़ी को देख कर यही ख़्याल आया था और अगले ही पल, मन के किसी नाज़ुक कोने से ये आवाज़ आयी

"...लेकिन दोनों को एक दूसरे का रंग पसंद है तभी तो एक ही मेज़ पर हैं।"

और तुम्हें पुकारने के लिए मैंने जैसे ही सर उठाया तो देखा कि तुम मुस्कुराते हुए मुझे ही देख रही हो माया...

और मैं अपनी झेंप मिटाने के लिए हरी घास पर फैले पीले फूल में खोने का अभिनय करने लगा... हालाँकि वहाँ एक चंचल सा लाल फूल भी खिला था... जो हवा के साथ झूम रहा था....

"तुम्हें खामोशी पसंद है ना?"

..... सुनसान सी पहाड़ी में सिर्फ़ झरने और चिड़िया की आवाज़ को सुनते हुए तुमने कहा...

और तभी मैंने मुस्कुराते हुए तुम्हारी आँखों में झाँक कर कहा

"बहुत शोर है यहाँ... तुम्हारी आँखें बहुत बोलती है...."

तुम्हारी हँसी बादलों के बीच में लाल सूरज की तरह फैल गई और तुमने अपने बाल को आज़ाद करते हुए कहा

".... और कुछ.."

तब तक हम पहाड़ी के ऊपर पहुँच गए थे..... नीचे पेड़ के पत्ते आपस में उलझे हुए थे और कुहासा की वजह से अलसाये हुए लग रहे थे....

तुम्हें लगा मैं उन उलझे पत्तों में धँस गया हूँ लेकिन नहीं मैंने कनखियों से तुम्हारे उड़ते हुए बालों को देखते हुए धीरे से फुसफुसाया...

" इन्हीं ऊँघते हुए जंगल की तरह है तुम्हारी जुल्फ़ों में .... भटकना भी चाहता हूँ और उलझना भी चाहता हूँ..."

तुमने मेरी हथेली को अपनी मुट्ठी में भींचते हुए कहा

"फिर तुमने ख़ुद से बात की ना?"

और मैंने थोड़ा रूमानी होते हुए कहा

"तुम्हारी ज़ुल्फ़ों से बहुत अच्छी ख़ुशबू आ रही है"

तुम बिना कुछ कहे उन्हीं शरारती आँखों की बायीं eyebrow को मटकाते हुए मुस्कुराने लगी और तुम्हारी ऊँगलियों का दबाव मेरी हथेली पर बढ़ने लगा....

सुनो माया!

तुम्हारे लम्बे और तीखे नाख़ून के निशान सिर्फ़ मेरी हथेलियों पर ही नहीं मेरी रूह पर भी हैं.....

14.

पूरे दिन की यात्रा से थकी हुई शाम.. लेकिन रात के विश्राम से थोड़ा पहले..

मैं समुंदर के समानांतर हूँ... लहरों की सफ़ेद लकीरों से बचता हुआ... नर्म और नम रेत पर नंगे पाँव.. अपने ही पाँव के निशान के बननेऔर मिटने से अनभिज्ञ बस चला जा रहा हूँ....

कुछ ही दूर चल कर जैसे ही दाहिने मुड़ा तो अचानक पैरों के नीचे की नर्म रेत सख़्त हो गई..... जैसे पैरों के नीचे बनारस के घाट के कापुरातन सख़्त पत्थर हो.. लेकिन बेख़ुद.. बेसुध बस चला ही जा रहा हूँ...

माया, कई बार पुकारना चाहा तुम्हें.. लेकिन फिर याद आया की पुकारने का रिवाज नहीं है हमारे बीच, और सच बताऊँ तो पुकारने की तलब बढ़ती ही जा रही है... मन के बहुत भीतर एक लयबद्ध आवाज़ गूंज रही है... हृदय उसी की प्रतिध्वनि का अनुसरण कर रहा है और तुम्हें लगा की ये धड़कन है... नहीं ये तुम्हें पुकारने की तलब ही है जिसका दमन तो कर रहा हूँ लेकिन अंदर फैलता जा रहा है... शिराओंमें... धमनियों में...

बस उसी लय पर भटकते हुए कब समंदर से गंगा तक का फ़ासला तय हुआ पता ही नहीं चला..... बाद में एक के बाद एक उम्र से लम्बी सीढ़ियों से उतरता हुआ एक निश्चित लेकिन अनजानी दिशा में बढ़ता ही जा रहा हूँ.... नहीं शायद मेरे कदम इस दिशा को जानते हैं।अब पैरों ने पत्थर की जगह ठंडेपन को महसूस किया... अब मैं घुटने तक पानी में हूँ, लेकिन धारा के अवरोध के बावजूद रुकना नहीं है मुझे... उफ़्फ़्फ अब वही तरलता, वही शीतलता मुझे अपनी आग़ोश में ले चुकी है... क़दम अभी भी गतिशील है... आगे और आगे... अब तो तरलता माथे के ऊपर से बहने लगी है... एक शीतल लेकिन असहज एहसास... और साथ मेंघुटनभी...

आख़िरी साँस का आख़िरी टुकड़ा भी फिसल रहा है.... धड़कन अब शांत हो चुकी है....

लेकिन कदम आदतन आगे चले जा रहे है.... शायद बहुत आगे जाने की चाह में... नहीं... मैं नदी के अंदरूनी धरातल पर तैर रहा हूँ... अभी थोड़ा बोझ बचा हुआ है... जब पानी में अबतक के सफ़र का सभी समान घुल जाएगा तब मैं सतह पर तैरूँगा... नया नहीं है मेरे लिए... कई बार मैंने गंगा की सतह पर बोझ मुक्तशरीर को तैरते हुए देखा है....

लेकिन सच बताऊँ पानी के धरातल परभी एक आवाज़ गूंज रही है... लयबद्ध...

रूमानी और रूहानी भी...

अब तो सोच भी निस्तेज हो चुकी है लेकिन प्रतिध्वनि की गूंज अभी शेष है...

अजीब अनुभव है धड़कन... साँस.... रक्त संचार सब बंद है बस एक निशब्द गूंज शेष है... साँस थमने से पहले स्पष्ट सुना था गूंज को... माया... हाँ माया कीही गूंज तो थी....... अब शरीर गंगा कीसतह पर तैरना चाह रहा है.... शायद बोझ नहीं अब कोई...

नहीं... लम्बी और नाज़ुक उँगलियों वाले एक हाथ ने मुझे थाम लिया है और मुझे सतह की ओर खिंच रहा है....

जिस्म पानी से बाहर.... मेरी आख़िरी साँस के टूटते ही किसी ने शायद मुझे गहरे पानी से निकाल लिया और अपनी मुलायम गोद में लिटाकर अपने होंठ को मेरे होंठ पर रख कर अपने फेफड़ों की ताज़ा और नर्म साँसों को मेरे अंदर भर दिया.. पलकों ने हरकत की और खुलना चाहा... लेकिन नहीं तुम्हारी लम्बी और नाज़ुक ऊँगली साँप की तरह पलकों परेंग रही थी ... और एक पहचानी हुई ख़ुशबू मुझे अपनी आग़ोश में ले चुकी थी .... माया... हाँ येमाया की ही ख़ुशबू है... उत्तेजन से धड़कन तेज हो गयी साँस पिघलने लगी... और आँख खुल ही गयी...

कुछ इस तरह तुम्हारे होने के जीवंत एहसास को आँख खोलते ही खो दिया मैंनेमाया... कमबख़्त एक और बार नींद आ जाए...

कई दशक का एहसास है माया का... लेकिन उस एहसास को कभी छुआ नहीं था.... आज छू कर देखा... उफ़्फ़्फ कितना नर्म एहसास है माया का..... नवजात शिशु के स्पर्श जैसा या फिर ख़रगोश की तरह... मुलायम और स्वेत...

एक बार फिर... पूरी ऊर्जा से पुकारने का मन हुआ लेकिन... पुकारने का रिवाज नहीं है हमारे बीच...

07 jan 2021

15.

सोचो, किसी चाँदनी रात... जैसलमेर की रेत पर हम दोनों... एकदूसरे में उलझे हुए|रेत के टीले पर एक दूसरे की गोलाई और गहराई नापते हुए... एक दूसरे कि धड़कन सुनते हुए एक-दूसरे में ही उलझे हुए....रेत पर अपने फिसलने का निशान बना रहे हों...

अचानक तुम्हारी साँसों की गरमाहट से आसमान का पूरा चाँद पिघलने लगे और उसकी ठंडी ओससे शरीर की तपिस और बढ़ जाए... अचानक तुम्हारी आँख खुले और तुम चाँद की बेबाक चाँदनी से झिझकने लगो....

तभी मैं तुम्हारे बेपरवाह दुपट्टे से आसमान के पूरे चाँद को ढ़ंक दूँ....

फिर उस स्याह रेगिस्तान में रेत के टीले पर हम दोनों एक-दूसरे को अपने होंठो से थामे हुए एक-दूसरे में समाते चले जायें.....

और... यकीनन इस रात की सुबह ना हो..

16.

कभी मुलाक़ात का सिलसिला जुनून की हद से भी ज़्यादा था, फिर आग़ाज़ हुआ शर्तों के सिलसिले का जो "हमारे बीच पुकारने का रिवाज नहीं है" के अंजाम तक का सफ़र तय किया।

" नहीं माया ऐसा नहीं है की नींद की क़िल्लत पहले नहीं थी, लेकिन अब... तुम एक मुकम्मल वजह हो।"

और नदी में घुलते हुए बादल को देखते हुए ख़ुद को ही आश्वासन दिया

"...चलो अच्छा हुआ... कुछ भी बेवजह होना अच्छा नहीं होता।"

आज हमारे रिश्ते की सालगिरह है... माया और मैं.. आज एक बार फिर अस्सी घाट पर पानी में डूबे हुए सीढ़ियों पर कई साल पहले के निशान ढूँढने लगे। आज फिर अस्सी घाट गंगा में घुटने तक पानी में इत्मिनान से बैठा है और हम थोड़े परेशान से अस्सी घाट की गोद में बेंच पर बैठे हुए....

माया बात आगे बढ़ाने के लिए बरसात की गिरती हुई बूँद से कुछ हर्फ़ तलाश रही थी...

तभी एक ठंडी हवा के झोंके ने हमें सहला दिया... माया ख़ुद में सिमटते हुए मेरे और क़रीब बैठ गयी और... नदी के थरथराते पानी में हमारी कँपाती हुई आकृति को देखते हुए पूछा...

"... अच्छा बताओ पिछली बार अच्छी नींद कब आयी थी?"

माया, यूँ तो एक मुद्दत से नींद की किल्लत रही है लेकिन जब तुम अपनी आग़ोश में लेकर अपनी नर्म और गर्म साँसों की थपकी से सहलाती हो... तब... मोहब्बत धीरे से कान में लोरी सुनाती है और बस रूह से एक ही आवाज़ आती है...

" शब-ए-फ़ुर्क़त का जागा हूँ फ़रिश्तो अब तो सोने दो
कभी फ़ुर्सत में कर लेना हिसाब आहिस्ता आहिस्ता"
(शायर ~ अमीर मीनाई)

.... और तभी नदी में एक बूँद गिरी, उफान थोड़ा और बढ़ा.... और माया की ऊँगली धीरे से मेरे ऊँगली में उलझ गयी...

17.

सुनो माया,

तुम ने किसी बुकशेल्फ में रखी हुई किताब की तरह मुझे बड़े इत्मिनान से निकाला, कुछ पन्ने पलटे और थोड़ी दिलचस्पी के साथ पढ़ा, कुछ पन्नों तक की दिलचस्पी, बहुत थोड़े से समय में सिमट कर रह गई। और बाक़ी पन्नों को बिना पढ़े ही बुकमार्क लगा कर छोड़ दिया तुम ने, अब हर मुलाक़ात में बिना पढ़े कुछ और पन्ने पलट कर तुम बुक मार्क बदल देती हो और मैं बिना पढ़े ही किताब की तरह आख़िरीपन्ने की तरफ़ बढ़ रहा हूँ।

लेकिन माया जितने पन्ने तुमने दिलचस्पी से पढ़े उतने पन्ने तक मैं तुम में घुलता रहा, नीली स्याही की टिकिया की तरह, लेकिन आख़िरी पन्ने से पहले ही मैं तुम्हें उधार की किताब लगा और उसका सूद मैं अब तक अदा कर रहा हूँ।

जब पूरा सूद तुम ना वसूल सको तब मैं मुस्कुराते हुए कहूँगा की अगले जन्म और इस तरह एक और जन्म के लिए मैं तुम्हारा बंधुआ बनजाऊँगा..... गर मुमकिन हुआ तो ||

www.ingramcontent.com/pod-product-compliance
Lightning Source LLC
LaVergne TN
LVHW100406051026
849518LV00003B/1166
* 9 7 8 8 1 1 9 5 6 2 9 7 8 *